EL MAR

Texto:
Nicole Girón
Ilustraciones:
Leonel Maciel

HOUGHTON MIFFLIN COMPANY BOSTON

Atlanta   Dallas   Geneva, Illinois   Palo Alto   Princeton   Toronto

¡Qué grande es el mar,
llega hasta el fondo del cielo!
¡Cómo se mueven sus olas, con su
bonita cresta de espuma!
Retumban al reventar en la playa
y al estrellarse en la punta
de los arrecifes.

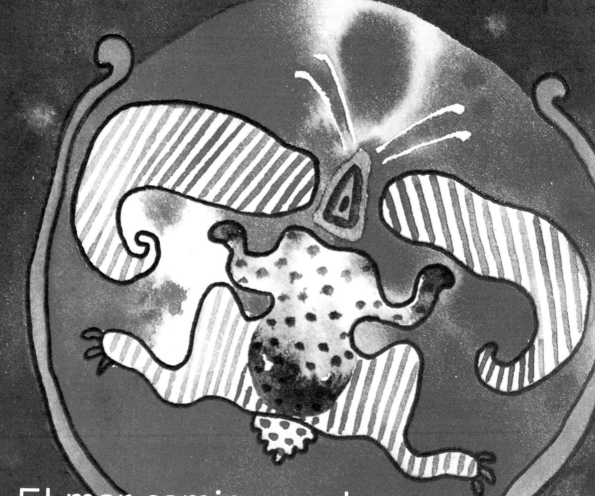

El mar camina con la marea
y más en las noches de luna llena.

Cuando el mar está tranquilo
y la marea baja, los pescadores
salen a pescar con sus grandes
redes.
Trabajan duro desde el anochecer,
y si tienen suerte traen mucho
pescado para vender.

Cuando el mar se pone bravo, decimos que está picado, entonces los pescadores suben sus barcas a la playa.

Porque una ola gigante puede voltear las lanchas y romperlas.

A veces, cuando hay tormenta, algún barco viene a refugiarse en la bahía y se queda allí hasta que se calme el mar.

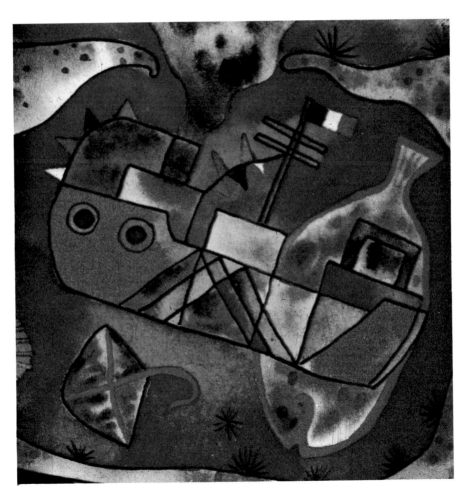

11

Otras veces, se acercan a la playa unos barcos con sus grandes velas blancas.

Desde la playa se ven como si fueran gaviotas ocupadas en pescar su comida entre las olas.

También los pelícanos vuelan pegaditos al agua buscando atrapar algún pez con sus grandes picos de bolsa.

A mis hermanos y a mí nos gusta caminar por la playa y recoger conchas y caracoles.

Nos gusta pasear al atardecer, ver la puesta del sol, cuando el mar y el cielo cambian de color.

También nos gusta salir a buscar ostras que se esconden entre las rocas. A veces viene una ola más grande y nos moja hasta las orejas cuando nos agachamos para despegar las conchas.

Ya que está lleno nuestro morral, regresamos al pueblo y vamos a la fonda de Don Pepe.

Don Pepe es un experto; con su cuchillo abre las conchas y despega los ostiones, en un segundo, después les pone unas gotas de limón. ¡Humm, qué rico es comerlos así, fresquecitos!

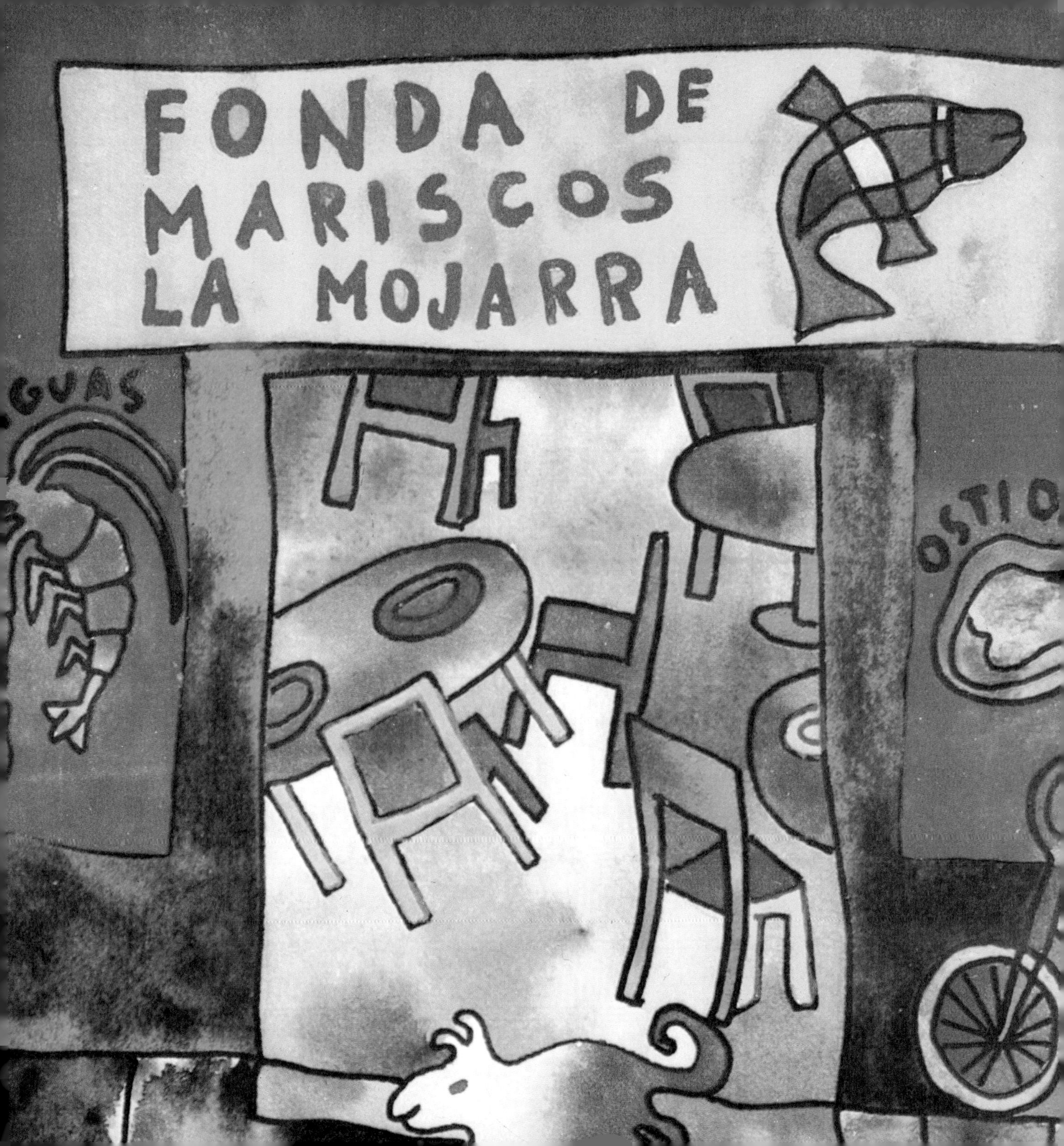
FONDA DE
MARISCOS
LA MOJARRA
GUAS
OSTIO

En la fonda siempre hay pescadores que nos cuentan cómo bucean para sacar meros y langostas.

Y cómo los peces más chiquitos comen unas hierbas que se llaman algas y plancton, y cómo los peces más grandes se comen a los peces chicos.

Nosotros comemos los que

sacaron los pescadores cuando

salieron a trabajar en el mar:

huachinango, sardinas y algunas

grandes anguilas.

Como me da miedo marearme, todavía no sé si de grande voy a ser pescador, marinero o mejor capitán de un barco carguero... Lo que sí sé, es que me gusta mucho comer almejas y abulón, ver el mar y bañarme en él, aunque a veces una ola me revuelque y trague agua salada.

También me gustaría hacer un viaje en un barco grande hasta el otro lado de la Tierra.